私のルーツを探して

上田悦子
UEDA Etsuko

文芸社

幼少時代から話を始めます。私の生い立ちや血縁関係がなぜ複雑になってしまったのか、当時の社会、経済状況をはずしては考えられないからです。

私が生まれた昭和十年は、アメリカから広がった世界恐慌（昭和四年）の影響がまだ色濃く残っていた時代でした。日本は第一次世界大戦（大正三〜七年）の戦時バブルから一転、大正九年には戦後恐慌となり、大正十一〜十二年には銀行の破たんが相次ぎ、関東大震災も起こりました。復興しつつあった頃に世界恐慌の波が押し寄せてきたのです。この間には大凶作にも見舞われています。大学を出た人でさえ働く場がない状況でした。

私は学問がありませんが、後に調べたところ、そのような日本の歴史を知りました。図書館でいろいろな新聞や資料をあたってみたら、悲惨な状況をさらに知ることになりました。娘の身売りが公然と行われ、当時のお金で二〇〇円、三〇〇円で売られたそうです。都内の麻布や麴町などの地価が坪一〇〇〜二〇〇円だった時代とありました。

思えば結婚するまで、私には血縁でつながった家族というものがありませんでした。あれは私が六十歳を過ぎた頃のことでした。一年の仕事を無事に終え、家の大掃除をしていたときのこと。手伝いをしていた娘がふと、こんなことを言ったのです。

「岐阜県の清見村に行けば、お母さんと血のつながった人がいるかもしれないよ」

しかし私の出自、生い立ちは複雑で、実の親と暮らしたことはほとんどないのです。

私は昭和十年、石川県金沢市に生まれました。父は植崎一雄《うえざきかずお》、母は土田當栄《どだまさえ》。當栄は清見村の土田という家の出身です。後で述べるように、だいぶ経ってから真相が分かったのですが、母は祖母のヨ子《よね》とともに事情があって富山にやって来て、親戚の仲介で植崎家の当主、金太郎と家族になり、長男の一雄と出会いました。大人になって、この一雄との間に私を身ごもったのです。しかし、出産して一年も経たぬ間に亡くなってしまったので、母の記憶は私にはありません。当時の日本は大恐慌のあおりを受けて、子供を養子に出したり、売ったりすることさえ当たり前のようにあった時代でした。若くして一人になった一雄は、〇歳の私を金沢の曾祖母、柚木《ゆのき》やいのもとに預けました。しかし、その曾祖母も二年後に他界してしまったのです。そのとき一雄には、松田ヒサヲという女性との間に私の異母兄弟にあたる子供がいました。

そのため私はすぐに次の養子先である新庄町に住む遠い親戚にあたる佐伯《さえき》シテのもとに出されました。ここから今に続く富山での人生が始まります。しかし私自身、身を落ち着けたわけではありません。富山ではまず、新庄町に住む佐伯シテのもとで暮らしましたが、そこの日々の記憶は、私がまだ幼かったのであまりありません。界隈には太鼓を作る職人が多くいたと聞いています。犬の皮を張った太鼓が、富山では結構知られていました。

わずか、その二年後（いまだに理由は分かりませんが）、三番目の育ての親、吉岡佐太郎《よしおかさたろう》に預けられ、縁組みをしました。

養父は明治二十九年、福井市の元武士の家に生まれ育ちました。父親が大酒飲みでお金に困り、大阪の瓶職人に売られて、瓶づくりの修業をしたのだそうです。その後、富山の瓶工場の社長に拾われ、職人として働くようになりました。私と出会ったときはすでに四十四歳、結婚はしていましたが今で言う年の差婚で、妻、さきは十六歳も年下でした。幕末、明治維新を経た武士の子孫である養父は、学問はしてこなかったけれど自分の体験から身につけた道徳観のようなものをよく語る人でした。

この養父のもとで結婚するまでのその後の人生を送ることになるのですが、養女になった年に吉岡家には長男（私の義弟）の吉一《よしかず》が生まれ、昭和十九年には長女（義妹）の八重子が生まれます。今になってみると、貧乏で子供まで授かろうとしている家が、なぜ養女など受けたのだろうと思います。ますます生活が苦しくなるのは目に見えていたのに……。

枯れても武士で、その理由を養父から聞くことはありませんでした。養父は新庄町の桜井瓶屋に勤めていました。

養女に来て吉岡家神通町の扇谷という煎餅屋の二階に暮らしていました。大家は一階に暮らしながら煎餅を作って生計を立て、私と歳の近い二人の姉妹を育てていました。

この頃の良い思い出はありません。初めていじめを経験しました。私が二階から手摺りを伝って階段を下りて行くと、姉妹が近づいてきて私の手をつねる。何度も繰り返されるので、養父母に言って大家にも訴えたのですが、その姉妹がとがめられることは一度もありませんでした。

次に移り住んだのが、富山駅前の新富町にある長屋でした。養父もさきも義弟の世話で忙しく、私の面倒などみている余裕はありません、放っておかれました。夫婦は仕事から帰ると連れだって二、三日おきに雪見橋のたもとにあった富山座へ、映画や芝居を観に行ったりもしていました。幼い子供が二人もいる夫婦が、です。その間は私が吉一の面倒をみていました。長屋の天井にはネズミが棲みついていて、チューチューと鳴きながらゴソゴソ走り回るその音が恐ろしく、心細くてたまらず、私と吉一は泣きながら養父母の帰りを待ったものでした。

当時の子供たちには多かった、シラミに悩まされるようになりました。私の様子がおかしいとやっと気づいた養父は、慌てて頭を洗ってくれました。目を開くと、タライ一面にシラミが浮いて真っ黒に……。ゾッとするとはこういうことかと、今も鮮明に覚えています。またシラミにつかれてはいけないと、放心している私の頭を養父は丸坊主に刈り上げました。

まもなく、私は愛宕小学校に入学しました。丸坊主だったものだから、全校生徒の笑いものです。それをきっかけに、私が養女で、新庄町から来たことが知れわたりました。すると、「新庄の犬殺しのもらい子」と揶揄されるようになったのです。それからは学校でも家の近所でも、いじめに遭う日々でした。

そんな中で唯一、楽しかった思い出があります。養父母と駅前の観の湯という銭湯に行くのが楽しみでした。帰りがけに東京亭というそば屋で、そばを食べるのがとてもうれしかった。ゆかたを着て、養母と手をつなぎ、もう一方の手でバケツを上下に大きく振りながら、カランコロンと下駄の音を響かせて家路につく。どこにいても人の顔色を気にするようになっていた私にとって、かけがえのない時間でした。

養父は、その当時も感じていましたが、不思議な人でした。目薬などの瓶づくりの職人でしたが、武士の末裔であることが価値観というか、そのことを信条にしていました。「今は馬鹿にされていても、江戸の敵は長崎でとれ、勝つまで負けたらあかん」といったことをよく口にしていました。それほどお金もないのに、武士は食わねどというか、私は見たことがなかったのですが、どこで覚えたのか日本舞踊も知り合いには披露していたそうです。

当初はそこからも私は養女に出されることになっていたそうです。さきの実家があった射水郡大江村西高木に光専寺という寺があり、そこで生まれた女性との縁組みが決まっていたと後になって知りました。その女性が浪曲師として有名になった冨士月子さんです。しかし戦争が激しさを増す中で、大阪から冨士月子さんは富山に来ることができず、その話は流れることとなったのです。

すでに第二次世界大戦（昭和十四〜二十年）が始まっていましたが、私が吉岡家に来て一年後の昭和十六年、日本は太平洋戦争へと突入しました。しばらくはそんな緊迫感も感じられませんでしたが、昭和十八年の終わり頃になると、富山にも戦争がひたひたと迫ってきているのを肌で感じるようになりました。岩瀬に軍需工場ができたり、神通大橋の近くには三五連隊が配備されたりと、物々しい空気が漂い始めたのです。

町内では、大人も子供も駆り出され、家を守る訓練を行うようになりました。私たち子供は、負傷者を助けるための上げ担架、下げ担架の訓練をしました。兵隊さんを戦地へ送り出すための万歳もしました。夜になると、富山駅前に集められました。路上に当時のアメリカ大統領のルーズベルトとトルーマンの大きな顔の絵が書かれ、「アメリカ負けれ」と叫びながら絵を踏み続けるのです。こんなことが毎晩繰り返されました。

翌年のある朝、目を覚ますと近所が騒がしいので、養父母に何かあったのかと尋ねると、その日の朝刊を見せられました。一面に軍服を着た天皇陛下の大きな写真が載っていたのです。天の上の存在でしたから、その姿など見るのは初めてです。しかも軍服姿なのです。自分でも気づかぬうちに新聞を手に取り、鴨居の上の溝に立てかけ、両手を合わせていました。

その足でまだ騒がしい外へ出ると、数軒先の家の人が憲兵隊に連行されていく姿が見えました。以前から、そのあたりの家からミシンを踏むような音が聞こえていたのですが、それはモールス信号を打つ音で、その人はアメリカのスパイだったのです。そういうことが自分たちの身近で起こっていたのだと知り、戦争を現実として受け止めたのでした。

本土への空襲は昭和十九年から本格化し、またたく間に全土に広がりました。何度も爆撃を受けた地域もあった中で、富山は一度も受けぬまま夏を迎えていました。いつ空襲が来てもおかしくない状況下にあったため、夜はとくに不安で、家族が一つの部屋で一緒に寝ていました。

昭和二十年八月二日、午前〇時三十分。B29の轟音と爆撃の音でとび起き、慌てて窓を開けました。神通大橋の方面にたくさんの黒い塊が落ちていく。それが地上に落ちたかと思うと、そこかしこで火の手が上がりました。火が風を起こして迫ってくるのです。恐怖がこみ上げてきました。どうしたらいいのか分からない、とにかく逃げるしかない。あまりの恐怖と驚愕に打ちのめされていた私たちに、養父は叫びました。

「富山駅へ逃げろ！　早く！」

その声に促され、私たちはとっさに布団を頭に被り、養母は義妹の八重子を背負い、逃げ出しました。とにかく走って、走って走り続けました。空からは焼夷弾が雨のように降ってくる、あたりは家々が焼け崩れていく。見たくなくても、そんな光景が目にとび込んでくる。そのとき、さらに驚くことが起こりました。目の前にあった一枚の畳の上に何と三本の焼夷弾が落ちてきたのです。頭の中が真っ白になりましたが、力を振り絞ってまたぎ越し、一目散で逃げました。足元もよく見えない中で走っていると、今度は階段を踏み外したときのような感覚が。……と地面に体をしたたか叩きつけられていました。防空壕に落ちてしまったのです。その瞬間、ひときわ大きな爆音が響きわたり、「ギャッ」という叫び声が降ってきました。その爆音と叫び声に体が無意識に反応し、地上に顔を出すと、異様な光景が広がっていました。道路が爆撃の熱で溶け、コンニャクのようにうねっている。焼夷弾の破片が足に刺さって動けなくなった消防員が助けを求め、避難する人たちの足にすがりついていました。逃げ切れず息絶えていく人たちもいました。その中を走ってとにかく逃げたのです。

いつ止まっていつ眠ったのかも覚えていません。気がつくと朝で、富山駅前の国鉄官舎の空地にいました。ぼんやりと、養母が八重子におっぱいをやろうとする様子が見えました。すると突然、八重子が大きな声で泣き始めたのです。B29が飛来したあの空を突き刺さんばかりの声でした。私は現実に引き戻され、靴の底が溶けてなくなっていることに初めて気づいたのです。

私たちが生き延びたのは、奇跡以外のなにものでもありませんでした。しかし、八重子は逃げる途中に負った焼夷弾片による頭の傷が悪化し、その後一月も経たぬうちに亡くなってしまいました。皆で生き延びたあの朝の泣き声が、今も思い起こされます。

生き残った私たちに待っていたのは、漂流の日々でした。養父は県外の出身者で、実家から出さ（売ら）れた人間で縁も切れていますし、近くに親戚もありません。そこで私たちは、養母の実家である七間家を頼ることにしました。射水郡大江村西高。命綱のように探し歩いたので、今もはっきりと覚えています。ここは富山市と高岡市の間にあった村で、現在の射水市にあたります。底のなくなった靴をぱかぱかとさせながら、呉羽山峠を越え、大江村を目指しました。七間家の人たちをはじめ、「よく生きていたね」と村の人たちが集まってきて、どうやって私たちが生き残ったのか、話を聞きたがりました。「駅のほうへ逃げたからだ」と話す養父の声が聞こえました。

何でも養父は以前、職を替えて売薬をしていた時期があり、鹿島へ行ったことがあったのだそうです。そのときに空襲に遭い、米軍は逃げる人が少ない場所には焼夷弾を落とさなかったと話していました。アメリカも爆弾を作るのに投資しているから、無駄には使いたくない。だから、みんなが向かった神通川方面でなく、あえて富山駅方面へ逃げたのだと。実際、神通川を目指した人たちはほとんどが焼夷弾で亡くなりました。

私たちが逃げる途中に見た、畳一枚の上に落ちてきた三本の焼夷弾の話もしていました。この空襲で米軍は、焼夷弾と毒ガス弾の二種類を使ったのだそうです。私たちが目にしたのは毒ガス弾のほうで、その場から最後に逃げた養父は毒ガスがシューッと出るところを見たと言っていました。その話だけで私は恐ろしくなりましたが、たまたま毒ガスだったから私たちは助かったのです。あれが焼夷弾だったら、私は今、この世にいません。

翌朝、養父と富山市内の様子を見に行くことにしました。七間家は各地から逃げてきた親戚などでごった返し、居場所がなかったからです。神通川まで来ると、凄惨としか言ようのない光景が広がっていました。そこかしこで二トン車で運んできた山積みの黒焦げになった遺体をスコップで地面に下ろし、燃やしているのです。その臭いもすさまじいものでした。怖さにも臭いにも耐えきれず、養父とともに市街地を目指して歩きました。私たちが住んでいた新富町へ行ったのですが、そこには焼け崩れ、焦げた残骸しかありませんでした。何人かいた仲良しも空襲で命を落としたか学童疎開で各地へ散り、友達は一人もいなくなりました。

七間家に一ヵ月ほどいたのですが、たくさんの親戚が集まってきている中で、一番血縁の薄い私たちは追い出されました。どこといって行く当てもないので、新富町へ戻ったのです。住まわせてくれるつてなどないので、七間家からもらった稲架木と丸太で養父が新富町の空き地に小屋を建て、そこから、私は岩瀬の軍需工場跡地で再開された愛宕小学校へ、養父は神通町で再稼働していた瓶工場の仕事に通いました。

しかし、二ヵ月ほど経った頃、復興へ向けた都市計画が動きだしたのです。全国で最も早いペースで、一気に七五〇〇戸ものバラックが富山市内に建てられました。そのため小屋を立ち退くことになりました。一軒一〇〇〇円のお金がなかったためバラックに入居もできず、それでもどこへも行けないので、養父は神通町に五軒の社宅を建てていた瓶工場の社長に頼んだのです。初めは断られましたが、それでも頼み込んで、何とか社宅の片隅の三角の地面に小屋を建ててもよいと了承を得ました。思い出すのはお風呂です。ドラム缶を切って作ったもので、富山駅に出入りする汽車を眺めながら青空入浴でした。そこで小学校五年生、六年生の時期を過ごしました。

戦後まもなくは、私たちのような人たちはたくさんいました。それでも、たくましく生きていました。魚や野菜、日用品などを売る闇市が富山駅前に続々とできて、よろず屋などは年末になると正月用品を求める人たちで身動きがとれないほど賑わっていたのを覚えています。

周囲の様子から復興が実感されるようになった昭和二十二年、私は中学生になり、芝園中学校に入学しました。この年、養父が勤めていた瓶工場が富山駅両側の午島町に移転し、社宅も新たに建て、そこに住むことができるようになったのです。六畳一間に台所がついた、初めての家らしい場所でした。私は主人の保と結婚するまで、この家で暮らすことになります。

ただ、社宅に移ってからも家が確保されたというだけで、私たちの貧しさは変わりませんでした。毎朝六時に富山駅裏の国鉄の操車場へ行って、燃料になるコークスを拾う。ひもじさを紛らわすため、たんぽぽなど道端に生えている草を摘んで食べていました。物乞いのような生活は戦後一～二年も続きました。

その時期が私の中学時代ということです。入学した年は、小学校六年、中学校三年を義務教育とする六・三制がGHQの指導で施行された年でもありました。入学式で校長先生が話した言葉を今も覚えています。

「アメリカ式の教育をしていたら、六十年後、君たちはみな白豚になる」

敗戦国である日本はアメリカ式の教育を導入することになり、各地の教員がアメリカの学校を視察し、帰国してまもない頃でした。校長先生もその一人で、絨毯の敷かれた贅沢な教室での授業を目の当たりにし、日本の学校の授業とのあまりのギャップに愕然としたのでした。今まで自分たちがしてきた教育は何だったのか、これから自分たちはどうやって教えていけばいいのか、そう思うと悲しさと悔しさをこらえきれず、涙をこぼされました。アメリカの豊かさに衝撃を受けると同時に、その豊かさが当たり前になる教育をしていたら働かなくなり肥え太るだけ、白豚になってしまうと嘆いたのです。養父もそうでしたが、この頃の大人たちはどこか、それまでの誇りと時代変化との狭間で悩んでいるようでした。そうやって始まった中学校生活ですが、ようやく友達になれそうな人ができ、六月に行われる愛宕神社のお祭りに行く約束をしました。しかしその道すがら、私は急に腹が痛くなり、病院に担ぎ込まれてしまったのです。盲腸で入院することになり、一学期の大半を病院で過ごしました。

以来、私はほとんど学校には通っていません。瓶工場の社宅に住まわせてもらい、養父母はまだ小さい吉一を残して働きに出ていましたが、それでも貧しく、私も瓶工場で仕事をしなければならなかったのです。来る日も来る日も瓶を運び、瓶の屑をより分けていました。給料としてはもらっていなかったので、働いた分のお金がどうなっていたのかはいまだに分かりません。とにもかくにも働いていましたから、学校からは必然的に足が遠のいていきました。

学校に行っても貧乏人ということで友達もできず、先生からも差別されました。他にも似たような家庭の子供はいて、同様にそういう人たちは生徒からも先生からも相手にされませんでした。

三年生の担任、石黒先生は唯一、私に声をかけてくださった先生でした。月謝も払えず学校にもあまり行けない私に、「映画でも観てきなさい」と一枚のチケットを手渡してくださったのです。「きけわだつみのこえ」という映画でした。戦争で亡くなった学徒兵の遺書をまとめた遺稿集をもとに映画化された作品です。学校の先生からやさしさを感じたのは、これが初めてでした。その後、石黒先生は東京の学校へ異動になり、消息は分かっていません。同じ年には、初めて友達ができました。同級生でクラス違いの本庄桂子さんという人です。何かのきっかけで話すようになり、同じような境遇のもとに育ってきたことが分かったのです。この頃には義弟の吉一が瓶工場で働くようになっていたので、私は桂子さんの家に泊めてもらい冬休みに一週間、泊まりがけでカマボコを自転車で配達するアルバイトをしました。大変でも、気持ちを分かり合える人と夕食をともにする楽しさを初めて感じたときでした。

勉強が嫌いで学校へ行かなかったのではないのです。貧乏と労働の日々で、中学校時代はろくに勉強ができなかったのです。それだけに勉強がしたかった。その思いが強くあり、高校に進みたいと思いました。

しかし、家にはそんなお金があるはずもなく、最後の頼りだった実の父を思いだして、まず、戸籍を取りよせることからはじめました。戸籍を見てびっくりしました。私は、私生児として生まれたのだそうです。実の父に会って高校に行きたいと言いましたが、「おまえはよそ者」と富山の空襲で死んだと思っていたのでこれで縁を切れた、と。そこで、悲しさが込み上げてきて、泣きくずれました。

もう就職の道しかありません。帰宅して養父にそのことを打ち明けると、「江戸の敵は長崎でとれ」と。養父流の励ましでした。ただし、水商売は男の人の懐に手を入れてお金を盗むようなものだから、絶対にやってはいかん、とも釘を刺されました。

経済も復興してきて、繁華街が新たに形成され、店も次々とできて賑わいを取り戻しつつありました。女性は引く手あまたで、学校を出たばかりでも多くの人がホステスなどをして働いていました。そちらのほうがたくさんのお金がすぐに手に入ったからです。しかし、どんな事情があっても、水商売は駄目だと養父は言うのです。

それは養父の思いであり、親としての情なのだと私は感じました。実の父は北陸では有名校の中部高校を出ていました。一方の養父は一介の職人で、昭和の時代に武士などと言っています。いちがいに学のある人を否定するのではありませんが、なぜ勉強をちゃんとやった優秀な人が冷たく、学のない人に情があるのだろうと、そのとき思いました。教養の種類が違うのかもしれません。

養父が私に勧めたのは事務職でした。そこまで言うのならと事務職志望で、電話局などさまざまな会社の面接を受けました。しかし、どれも結局は戦地帰りの父親の人だけを優先するため不採用。職を得られぬまま私は中学を卒業することになったのです。

何もしないわけにはいかないので、養父が勤めていた瓶工場の社長に頼み込み、下請けをしていた金具屋に雇ってもらったのですが、そこはすぐに倒産してしまいました。

わずかの期間でも働いたことに変わりはないので社長に給料を払ってくださいと言うと、「払えない」の一点張り。私は何としてもお金が要るので、労働基準局に相談しました。しかしここでも差別がついてまわり、「あんたがちゃんと働かないから払わないんだ」と、まったく受け付けてくれないのです。私は今、会社を経営する立場ですが、もしそんな訴えがあれば私に非があると言われてしまうでしょう。時代が変われば対応も真逆になるのですね。

そんな私を見かねてか、近所の人が声をかけてくれました。「見習い看護婦でもやってみないか」と言うのです。一番町にある医院が看護婦を募集していると教えられ、面接に行くと採用してもらえました。ここでは一年ほど働いたでしょうか。しかし突然、首になってしまったのです。私の身元がよく分からないことが解雇の理由でした。

いつの時代も差別や偏見とは理不尽なものですが、そんなことばかりでした。水商売に行けばすぐにお金を稼げるのに、と思うこともしばしばありました。実際、そういう誘いを受けていましたから、こらえるのに必死でした。養父の言葉を思い出し、何とか踏みとどまっていたのです。職業安定所に何度も通い、やっと臨時の事務職として採用されたのが曲玉建設という会社でした。

曲玉建設は元警察署長の社長が経営していました。県庁の元課長の人たちや、自身が兵役で戦争に行っていたことから戦地帰りの人を雇っておこした会社です。社員は男性六人で、最高学歴を持つ人ばかりが揃っていました。中外物産という石油販売の別会社もあって、ガソリンスタンドを運営し、社長の弟が経営していました。

私は曲玉建設で社会人としての基本を仕込まれたと思っています。覚えることがたくさん、自分の目の前に現実としてあったからです。養父が言っていたのはこういうことだったのだと実感しました。養父はこう言ったのです。

「仕事をするなら事務職をしなさい。いろんなことを無償で学べるから」

お辞儀の仕方、お茶の出し方、電話の受け方、封筒の宛名の書き方……女性が社会で生きていくうえで大切なことを、ただで習得できると。それまでの私は、そういうことのすべてをやっていませんでした。覚えることから始めるしかありません。嫌だとか、これはおかしいとか、そんなことを言えるレベルではないのだから、一つひとつ身につけていこうと思ったのです。何をするにもそうですが、「自分で動くこと」が私の原則として明確になった時期でもありました。

ただ当時の事務職の給料は、他の職種と比べて最も安かったのです。水商売が月給にすると五〇〇〇〇～六〇〇〇〇円だったのに対して、事務職は一二〇〇〇円。靴下が一〇〇〇円、鞄が四〇〇〇〇円はしたので、身だしなみを整えるのも大変でした。

そうであっても、今いる場所で覚えられることを覚えておけば、この先どうなっても必ず活きてくると考えるようにしました。朝は他の社員よりも一時間早く出勤して、事務所の掃除をする。仕事が終わって社員が帰ったら、戸締りをする。会社からはやれとは言われませんでしたが、自分からやりました。そうするようにと養父から教えられてきたからです。

「物事を教えてもらうなら、自分も努力を提供しないと駄目だよ」

養父は言っていましたが、職場も家庭も、入ったら教わる、覚えることをしなければいけないと私は思うのです。

私は養親から養親へと渡り歩き、戦中戦後の混乱期に働けど貧しい家庭で育ちましたが、養母から女性として大事なことを教わったことはありませんでした。それを見て養父は不憫に思ったのか、私が曲玉建設で働くようになってからしきりに習い事を勧めました。

「芸は身を助ける」と言うのです。特技を身につけるだけでなく、礼儀作法を習うこともでき、さらに習い事に来ている人たちは相応の社会的地位があるので普段は知り合えない人たちとの関係もつくれるということです。最初は洋裁でした。「これからは洋服の時代だから洋裁を身につけなさい」と、中古のミシンを買ってくれたのです。「石の上にも三年経てば目鼻がついてくるだろう」と。うれしくて教室に通いました。しかし、材料を買うお金がなくなって途中でやめざるを得ませんでした。お花を習ったこともありましたが、お金がないので続かない。やっても一、二ヵ月という繰り返しでしたが、習い事についてはいろいろと挑戦することができました。この時期に不思議な出来事もありました。あるとき、道を尋ねに曲玉建設に女性が立ち寄りました。教えてあげると、私は占い師だからお礼にあなたを占ってあげると言うのです。きょとんとしている私に、「あなたは農家の次男と結婚する」と告げ、歩いて去っていきました。

その後に出会ったのが、何と上田保《うえだたもつ》だったのです。最初に彼を見たのは曲玉建設にいた頃のこと、中外物産のガソリンスタンドに給油に来ていたのでした。

今も帽子が好きですが、当時も上田は中折れ帽を被ったスタイルで、私の前にふらっと現れたのです。三十代後半に見えました。私の養父母も互いの歳が離れていたので私にも歳のいった人が現れたのかなと、そのときは漠然と思っただけでした。

そんな出会いがあってまもなく、お世話になった曲玉建設が倒産してしまったのです。また路頭に迷うことになったかと思いました。そのときに、中外物産の社員から立山急配という市街地からは離れた会社で事務職を募集していると聞き、すぐに応募し、入社することができました。出勤してびっくりしました。上田保はそこの社員だったのです。不思議なもので、場所や立場が変わってみると、まったく違う世界の人に見えました。そのときの彼の様子で、私を好いてくれていることは察しました。

しかし私は立山急配に勤めるまで、片思いの恋の真っ盛りでした。曲玉建設は会社が県庁近くにあり、毎朝の通勤電車で見かける役所勤めの男性たちが格好良くて見とれる毎日でした。それが立山急配に移ってなくなってしまい、何だか気が抜けたようになってしまったのです。ちょうど同期の女性たちも次々と結婚していた時期だったこともあり、チャンスを失ってしまったように思え、結婚はしないと決めていました。

保が私を思ってくれていることは、やがてその行動からも分かるようになりました。私はその頃、会社帰りに洋裁を習っていたのですが、ある晩のこと、保が家の近くの石に腰かけ、私の帰りを待っていたのです。最初は気乗りしない私でしたが、そんな日々が続き、話をするようになりました。

ずっと年上だと思っていた保は、実は私と同じ歳で、同じ中卒であると知り、驚いたことに農家の次男であることも分かりました。保は立山急配の近く、富山市郊外の婦中町という村で代々小作の家に育ちました。市街地から離れていたので、同じ年齢でも私が味わったような戦中戦後体験はしていませんでした。ちょっと場所が離れただけで、まったく違う時間を過ごしていたのです。そのようにしてお互いを知るようになり、保は実に六ヵ月ほど毎日、私の家に通い、結婚の話を切り出しました。

当時の農家では、長男は跡取りとして大事にされるけれど、次男以下は何も譲られません。実家で農業を手伝うか、外へ出て働くかしかありませんでした。保の実家は農業と酪農を営んでいました。保もその仕事を手伝っていましたが、家に残っても将来はありません。自転車で牛乳配達をして、収入を得るようになりました。その苦しさが身にしみて分かっていたので十八歳になって自動車免許を取り、自宅近くにあった立山急配で運転手を始めたのでした。

保の生い立ちを知ると養父は、こう言いました。「貧乏はしていても嫁にきてくれと言うのであればよいのではないかな。男は腐っても鯛だよ。結婚とは女がしっかりすること、色男、金と力はなかりけり。女が結婚をするときは男に惚れては駄目だよ、男に惚れられるものだよ」何ともまあ養父らしいというか。ただ、自分は貧乏だから本家（実家）への付け届けはできないとも言っていました。分家とはごみまで買わなければならないほど貧しく、みじめな思いをするだろうが、我慢してほしいとも。私は上田保との結婚を決意しました。

結婚すると決め、明けた年の正月、上田の実家から吉岡の家に布団が送られてきました、お礼をしなければと、慌てて保とともにあいさつに行きました。しかし、私たちを見た母親はまず「貧乏人」と言って、「結納はなし。布団だけでよかろ」と。悔しくてたまりませんでした。このときも養父は、「次男だからね。捨てるごみあれば拾う保護籠ありと思えばよい」と言って励ましてくれました。

結局、結納も式もなく、写真だけを撮って結婚した証を残しました。昭和三十一年のことです。撮影には両家の父親の出席はなく、私の養母と義弟だけがついて来てくれました。嫁入り道具はミシン一台と整理箪笥だけ。これを私に贈るとき養父は「すまぬすまぬ」と涙をこぼすばかりでした。

結婚しても住むところもなかった私たち夫婦は、上田の実家に富山市布瀬町の仮住まいを世話してもらいました。期限の三ヵ月でそこを出なければならず、次は立山急配に頼み込んで車庫の一角に仮住まい。ところが、そこは水が悪くて私は体を壊してしまい、養母のつてで富山市神通町にある知り合いの家に間借りすることになったのです。労働監督所に勤めていた人の家だと告げられ、かつて働いた金具屋の給料の一件が思い起こされ、驚くと同時に、ゾッとしました。しばらくして、何か体調がすぐれないと思って医者に行くと、妊娠していることが分かりました。子供が生まれると大家に伝えたのですが「出て行ってほしい」ということになって——仕方なく、六畳間の吉岡家に戻ったのです。

ここでまた、思ってもみなかったことが起こりました。妊娠中毒症を患ってしまったのです。重症化しやすい病気で、母子ともに危険な状態に陥ることがあるため、富山市民病院に入院することになりました。出産は無事でき娘が生まれたのですが、私の症状はなかなか回復せず、その後の一年間は母子とも入院となりました。娘はこの間、看護婦さんに育てられたようなものです。看護婦さんには申し訳ない思いでいっぱいでした。

入院中は、養父母は仕事で来ることができず、上田家からの見舞いはなく、必要な物は主人が上田家と病院を行き来して調達してくれました。私はこのまま死んでしまったらどうしようと不安でしたが、養父の言葉を思い出して「死人に口なし、死んだら花実が咲かない」と自分に言い聞かせ、闘病を続けたのです。病は気からと言うけれど、まさに回復して退院できたときには、看護婦さんも驚いていました。結婚から二年ほどが経ってやっと、私たち家族は一緒に生活できるようになったのです。

私の体調のこともあり、家族三人での生活は主人の実家近くにあるアパートで始めました。当時羽根新村は田んぼが広がる中に十数軒の家が点在し、その中の袋小路の奥が上田の親戚一族の家でした。私たちが移り住んだ頃は農地改革（昭和二十二年）から十年ほどが経っていて、経済成長に突入し、その地域の農家でも裕福な暮らしが形づくられていたのを記憶しています。

私は貧しかったとはいえ、富山駅近くの街中で育ってきたので、そこは交通も不便で、土地は広いけれど閉鎖的な空気に感じられてなりませんでした。代々暮らしてきた人たちからすれば私は外から来た人間で、しかも次男の嫁です。序列は一番下になります。主人は八人兄弟で、両親や祖父母、兄弟の嫁や子供たちも加えると、総勢で二十数人が暮らしていました。大変だったのは風呂です。私たちの家には風呂がなかったので、本家の五右衛門風呂に入れ替わり立ち替わり入るのですが、私は最後の残り湯でした。

そういう環境下で、私は一つのことを固く決心しました。主人も私も学問がないので、苦しく悔しいことをたくさん経験したので、子供には学問をさせたい。次の子供が生まれるまで、主人の給料は一銭も使わず、貯金をする。主人にも内緒で、そう自分の心の中で決めたのです。

給料を使わないのですから、きちんと計画を立てて生活をする必要がありま す。食費などの生活費は、私が本家の農業を手伝い、内職もして稼ぐことにしました。春の四〜五月は田植え、秋の九〜十月は稲刈りなどをする代わり、家族の食事は本家でする。この間、長男も生まれ、子供たちの服や保育園で使う前掛け、鞄なども、古着を仕立て直して作りました。どこに出ても恥ずかしくないようアップリケをしたりと工夫をしました。洋裁をしていたことが、こんなときに役立ったのです。内職はいろいろとしました。洋裁もしました、赤チンキのスポンジを取り付ける仕事や、鰹節をしまう箱の穴にテープを張る仕事など、今はないような仕事もたくさんしました。子供たちが幼稚園に行くようになると、私はあまり車の運転は好きではないのですが免許を取って、少し離れた地域の菓子工場や洋食屋、県庁の掃除婦として働いたこともありました。昭和三十六年には本家に四〇坪の土地を譲ってもらい、資金も提供してもらって念願の家を建てることができました。これには感謝しています。

必死でしたし、若かったから苦しいとは思いませんでした。お金は空から降ってくるものではないので、計画を立て自分で貯めたのです。

このような生活を十年ほど続け、貯金もだいぶ貯まってきた頃のことでした。

私もうっかりしていたのですが、夏に大掃除で主人が何気なしに上げた畳の下から貯金通帳を見つけてしまったのです。それを見た主人は思いもかけないことを口にしました。

「会社をつくりたい」

驚きましたし、どうしたらいいのかと思いました。子供たちのために貯めたお金だということは話しましたが、主人の気持ちも分かったので私も覚悟を決めました。子供たちを必ず大学まで進ませることを条件に、貯金を会社設立の資金として使うことにしたのです。

主人は運転手としてひたすら働いてきました。実は結婚が決まったときに、養父が一つだけ主人に対して譲らなかったことがありました。当時は県外にも行く長距離の運転手をしていたのですが、いつ事故に遭うか分からないから、仕事を替えてほしいと要望したのです。主人はその言葉に従い、県内運送専門のダンプカー運転手に転職しました。そこに勤めて一週間後、主人に給料日だから代わりに取りに行ってほしいと頼まれ、私は会社を訪ねました。しかし行ってみると、最初の一日だけは出社したけれど、それっきり来ていないと言うのです。その晩、家に帰ってきた主人に事情を尋ねました。すると、「こういう仕事は自分にはできない」と言うのです。ダンプの運転はどうしても自分に合わないと。タクシーの運転手ならもう少し楽にできるかもしれないよと私が勧めると、「いつ後ろから首を締められるかもしれないからできない」と。同じ運転者でも、業種によって車は異なり、向き不向きがあると言うのです。

そのとき私は「男は腐っても鯛」という養父がよく言っていた言葉を思い出しました。男を一人前にするのが女の役割だと。以来、主人の仕事に口出しすることは止め、支えることに徹してきました。もともと仕事を変えることを望んだ養父にも相談したところ、「好きこそ物の上手なれだから、嫌いなことをやるのではなく、好きなことで今を乗り切ったらどうか」と理解を示してくれました。

そういう経緯があって、主人は富山交易という会社に就職しました。大手商社の特約店でもあった地元では大きな会社で、電機や鉄鋼などさまざまな事業を手がけていました。成長も著しく、当時で五万円の月給でしたから相当なものでした。そこの石油部に配属され、灯油を配達する運転手となったのです。

その給料を一銭も使わずに貯金に回しました。主人も自分の小遣いを要求することはありませんでした。以来、主人は七十五歳になるまで小遣いをもらわず、それでも毎晩のように飲み歩いていたので、どうやって工面していたのだろうと思いました。

どうやら、このときにいろいろな人脈をつくっていたようです。小遣いは、灯油を配達していた家々で玄関の掃除をしたり、履き物を並べたり、今はできませんが灯油缶の底に残った灯油を売ったりして捻出していたのだとか。奥様方の用事を請け負ってお駄賃をいただいていたのですね。当時、灯油を宅配していたのは比較的裕福な家が多かったので、できたことでした。

その頃、養父は私にこんなことを言いました。

「蒔かぬ種は生えぬ」

それで私は中元、歳暮の時期になると、お酒を持って主人の会社の上司のお宅にごあいさつに行くことにしたのです。上司ではなく、その奥方に会って、主人のいけないところ、足りないところ、迷惑をかけていないかなど尋ねるようにしました。下の目線から会話の糸口を見つけて打ち解け、主人をよろしくとお願いするのです。このときにできた関係が、後に会社を立ち上げたときに助けとなりました。

ただ、会社を立ち上げるといっても、会社というのはどういう仕組みで動いていくのか、私たちは何も知りませんでした。私は、食べ物だけは人間にとって不可欠なので、それを運ぶ車があればうまくいく、と単純に思っていたのです。困ったのは、保証人です。本家の父親を頼ったのですがなかなか首を縦に振ってくれない。自宅を担保に入れてもお金が足りない。私たちの家は袋小路にあったため価値がなかったのです。貯金で車は買えたけれど、今度は車庫がない……。

困った困ったと銀行や役所へ相談に行ったときに、幸運にも曲玉建設時代に縁のあった人たちと再会したのです。当時は若かった人たちも、その頃には相応の地位にあり、専門的なことをいろいろと指導してくださいました。何とか車庫用の土地を手に入れ、それを担保に新たな土地を確保するというようにして、会社の基礎を築くことができました。昭和四十二年、有限会社の誕生です。

最初は二トン車での運送から始めました。かつての主人の上司の方々や奥様方が荷主さんを紹介してくれたのです。以降は高度経済成長の波にも乗り、仕事は増えていきました。最初に運んだのは鋳物合金という皇居の橋の龍を造った会社の製品で、当時主流だった鋳物製の飛行機部品や船のスクリューを運びました。製品を現場に届け、屑の鋳物を積んで帰ってくる。往復で違う物を運んでロスをなくしたのです。

最近では北海道新幹線のレールなど……運ぶ物は増え、その中身も次々と変わりました。それに伴って車も大型化が求められ、二トン車から四トン車へ、さらに一〇トン車からトレーラーへ、お客様のニーズに対応することが生命線ですから何とか買い揃えました。

しかし、試練も何度かありました。会社を立ち上げて三ヵ月目に、運転手が事故に遭ってしまったのです。交通事故は一番嫌なことでした。人の命にかかわるということはもちろんですが、当時の運送業は事故が起きやすい仕事だったため社会的信用が低く、保険に入れてもらえなかったからです。銀行の信用もありませんでしたから、借り入れも難しい。主人は次男ですから、実家や親戚が手助けしてくれることもありませんでした。

困り果てて相談したのは養父でした。事情を話すと、自分の家を担保に入れていいから、それでお金を借りろと言ってくれたのです。申し訳ない気持ちでしたが、ありがたくそうさせてもらうことにしました。覚悟を決めて銀行に行くと、支店長が直々に面談に応じてくれることになりました。その人がまたまた曲玉建設時代の私をよく知っていた人で、応援してくださったのです。ゼロの縁はないのだと、改めて思います。私たちは何の能力も知識もなく運送業をやっているから、いろいろ教えてください、と頼みます。そうお願いして助けていただき、何とか危機を乗り越えることができました。そこから会社としての仕組みづくりが始まったのです。

昭和四十五年には、一般貨物やトラックが認可制になりました。運送業者は聴聞会に少なくとも七社の荷主と一緒に出席し、国道を使うための認可を得なければならなくなったのです。そのような制度的な変化もあったので、より信用をつけるため株式会社に改めました。その結果、富山県で二社目の認可となったのです。

それでも経営に悩みは尽きないものです。平成十三年、小泉改革によるいわゆる規制緩和に伴い、道路運送は認可制から許可制に変わりました。許可を取れば誰でも参入できるようになって競合が激化したうえ、運送業者にとっては道という道の許可を取ることが必要になりました。申請に手間をとられるうえ、お金がかかるということです。

何とかしなければと主人と思案していたときに、息子が「港は歴史上、大事な場所だ」と言って港に関係する仕事を始めたのです。

私は運送業は社会の縁の下の力持ちとして貢献する仕事だと思っています。必要とされる物が運ばれなければ、いろんな仕事ができなくなるからです。世の中の動脈です。そこに企業規模の大小は関係ありません。日本の企業は九〇％以上が中小零細で、それが日本経済を支えているのですから。大企業にできないことで世の中に貢献していかなければいけないと思っています。

いろいろなできごとから五十年ほど過ぎて、自分の娘から私の母の故郷である清見村という言葉を聞き、はっとしました。それまでの人生で母の出自を気にかけたことはあったけれど、戦争や貧困、労働、結婚、出産、会社の経営と目まぐるしい変化の中で、自然と頭の片隅の意識の及ばないところに埋没していたのです。

「おばあちゃん（當栄）の戸籍を取り寄せれば何か分かるんじゃない」

娘が言うので、事実を知りたい気持ちが刺激され、さっそく照会してみました。母の戸籍から判明したのは、まさに衝撃の事実でした。

祖母のヨ子は離婚などしていなかったのです。土田興作《どだこうさく》という男性と結婚して京都に暮らし、二男一女をもうけました。しかし長男を生後一年三カ月で亡くし、次男も大正九年に亡くなっています。次男を追うように同じ年、興作も亡くなりました。それでヨ子は、金沢市長町の実家、柚木家に娘の當栄を連れて戻ってきたのです。

このときに伯母の勧めで出会ったのが植崎金太郎、私の父、一雄の父親でした。金太郎の次男・一雄、三男・信男、三女・ヨシノと、ヨ子は長女（母）を伴い、六人の暮らしが始まりました。二人の間には友雄と清子が生まれていますが、実は内縁の関係だったことが戸籍から分かります。その後、三女のヨシノが昭和五年、清子が昭和七年に富山市西の香の尼寺に入り、友雄は昭和十七年、十八歳のときに鉄道自殺をしています。大正から昭和にかけての出来事ですが、何か時代の陰というか、哀感のようなものを感じます。

當栄はどうなったのかと調べると、これも驚いたのですが、富山に来て、次男の一雄と同じ新庄小学に入学しているのです。その事実を知って新庄小学校に問い合わせたところ、當栄の成績表が残っていました。とても優秀な成績でした。その後の足跡もたどると、今で言う高校も出ていて、成績優秀な学生だったことが分かりました。

しかし、昭和八年に金太郎、昭和九年に母のヨ子が亡くなり、當栄は家族というものを失います。このとき、残された身寄りは、父親が違う友雄と血のつながりがない兄弟の信雄と一雄のみ。心細さが募る状況下で、當栄は自分の母親と同じように一雄と内縁の関係になり、子供を授かりました。未入籍のまま金沢市のヨ子の実家、柚木家で私を出産し、体調を崩してその翌年、帰らぬ人となったのです。私の戸籍には、「母當栄」でなく、「母土田當栄」と記されていました。

土田家をたどれば、私の出自＝ルーツが分かるかもしれない。実の母の過去を調べるうち、私はそう考えるようになりました。娘が言ったみたいに、岐阜県の清見村に行って土田家の足跡を追ってみよう。空振りに終わっても、行かなければ何も分からない。一念発起して、主人と娘と私と清見村を訪ねたのは平成十四年のことでした。その旅で私たちは、思ってもみなかった数々の事実に遭遇し、長い長い歴史の世界へと踏み出すことになったのです。

土田、佐伯、吉岡、そして上田と、私は四つの名字を名乗ってきました。こじつけたと言われるかもしれませんが、今の姓である上田は、母、當栄の名字である土田と画数が同じで、字面も似ています。何か母のいた場所へと引きつけられているというか、母のルーツを確かめるように神様が私にメッセージを送ってくださっているのかもしれません。

そんなことを若い頃は何度か思ったことはありましたが、何しろ仕事と家庭に追われていたので、考え続けるということはありませんでした。六十代になって

いろいろなことが落ち着いてきたなと思えるようになった頃、娘がふと言ってい
た言葉を思い出して、急展開を迎えたのです。

それまでの母への思いとこれからするべきことが焦点を結んだ感じでした。母
が生まれ育った時代からは一世紀近くが経過していたので相当な変化があるので
しょうが、とにかく行ってみようと素直に思えたのです。

母の故郷は、高山市清見町牧ケ洞となっています。主人と娘と私の三人で訪ね
たのは、平成十四年五月三日のことでした。

しかし、戸籍にある住所には山があるばかりで、土田家は見当たりません。や
はり駄目だったかと思いかけましたが、別の場所に移っていることも考えられま
す。そこで近辺をあたってみることにしました。栗原山了徳寺という寺を訪ねる
と、あいにく住職は不在とのこと。若奥様に事情を話し、何か分かれば連絡して
ほしいと自宅の電話番号のメモを残して帰ったのです。

時は流れて十年後の平成二十四年、了徳寺から手紙が来ました。住職による

と、母の実家は子孫に恵まれなかったため、両もらい（血縁のない新郎新婦と養子縁組をして跡を継いでもらうこと）を受けたと言うのです。その後、道路建設に伴って地所とする山とともに売却され、墓は高山市の飛騨国分寺に移されたとのことでした。両もらいで跡を継いだ夫婦の長男が高山市で歯科医院を営んでいるということも教えてくれました。

飛騨国分寺へ行けば、母の墓がある。そう思い、出かけて行きました。しかし、探してもなかったのです。母の墓だけでなく、祖父の興作、祖母のヨ子、伯父の興一郎と叔父の憲一、叔父の友信、叔母清子の墓もない。本来ならばそこにあるはずの墓がないのです。実の父、一雄が亡くなる数年前、娘が「おばあちゃんのお墓はどこにあるの」と尋ねたことがあったそうです。しかし、一雄は呆けたふりをして答えなかったと言いました。きっと事情があったのでしょうが、生きた痕跡が残っていないということがとても哀れに思いました。

それから、高山市内で歯科医をしているという方にコンタクトを取りました。

土田貢さんと言います。土田家について知っていることがあれば教えてほしいと尋ねると、「美濃のほうから落ち延びてきたと聞いています」と。「落ち延びた」ということは、もともと身分の高い家柄だったということになります。さらに聞くと、同じ岐阜県の可児に城を築き、いくつかの寺も持っていた家柄であることが分かってきました。

歴史に通じた方ならこの時点でぴんとくるかもしれませんが、私は歴史が好きでもそこまでの勉強はしていませんでした。その後、土田御前という名を思い出し、そこまで一気に私のルーツ探しが及んだことに驚くことになったのでした。

何がどうなって土田の家系が私にまでつながることになったのか、それはもう専門家が調べないと分からないことなのかもしれません。血筋はつながっていても、遠く薄い縁なのかもしれません。ただ、不思議な共通点を歴史上の土田家に見出すことができます。土田家は土豪でしたが、戦国時代はまだ兵農分離が進んでいなかったことから、農業を営んでいたことになります。また運送業で富を得ていたという事実、私の主人の実家は農家で、現在の私たちはまさに運送が生業です。時代が進んで、現在の土田家は、高山で歯科医院を開業している人もいます。私の娘も同業です。このような共通点に何とも言えぬ縁を感じてしまうのです。

実は我が家に一本の電話が来ました、受話器を取ると「土田と申します」と言う女性の声が耳に入ってきました。了徳寺で私たちの連絡先を知ったのだと言うのです。夫婦ともども寺社巡りが好きで、バイクで各地を旅しているのだとか。佐久市に土田姓は一軒しかなかったため、調べてみたら土田家の祖先は織田信長の母であることが分かったのだそうです。旧清見村に残る土田家のルーツを探していたときに、たまたま立ち寄った了徳寺で私たちのことを知ったとのことでした。

土田さんは土田家長男、喜代太郎の子孫で、三代目なのだそうです。私の又従姉妹にあたります。長野県佐久市に住んでいると告げてくれました。思い立って始めたルーツ探しは歴史をさかのぼり、現代に戻ると、思ってもみなかった土地へ——私たちはさっそく佐久を目指しました。それまでは戸籍や歴史的な資料、史跡に残る名前を見るだけでしたが、佐久を訪ねたことでやっと土田家を継承する人と会うことができたのです。

顔を合わせるや、「あなたは大変な苦労をしたんだね」と言って歓迎してくださいました。話を続けるうち、母の家系についてもさまざまなことが分かってきました。母の実家は、母の父で土田家の次男が継いだ後、三女、ちらが黒地米一郎を婿にとって代を継いだものの子に恵まれず、両もらいになって……話がぴたりとつながりました。佐久の土田家には興作の父である興助が長男の喜代太郎に手渡した脇差しが残っていました。ちなみにこちらの土田家の直系が北海道にいて、医者をしているとも聞きました。またまた出てきました。私の孫（長女の子）も医者をしている共通点に驚きです。

この土田家の子孫との出会いから、愛知県の大口町奈良子に一九代続く土田家の存在も知りました。

この地に居を構え、歴代の墓碑を祀る墓を守り継いでいるのが現在の一九代目でした。平成二十八年の春、主人と娘と私はこの奈良子の地を訪ねました。土田御前や吉乃の墓を目にし、私の母をはじめとする親族がたどった道と重ね、継ぐということの大切さを思いました。歴史的には名もない人々にも、それぞれに生きた時代はあり、過去のどこかに身をおいていたのです。その存在があって今の私たちはあるということを、これから生きる家族や縁のあった人たちに伝えたい。そんな思いが募っていったのです。

母のルーツをめぐる旅は、残された人生のライフワークです。いまでは、どこまでできるのか分かりませんが、生きること生涯現役、旅を続けていきます。

実の母、當栄は私を産んですぐに亡くなり、その命と引き換えに私はこの世に生を受けたと思っています。戦争や恐慌など不幸な出来事が重なっていた昭和初期は、大勢の罪のない子供たちが犠牲になった時代でもありました。母は後ろ髪を引かれる思いで、父に私のことを末永くとお願いして他界したのだと思いますが、もうこの世にはいなくなった母が得たものは裏切りでした。私は生後数日目に父に捨てられ、養女に出されました。

元武士の家に育ったという吉岡佐太郎とその妻、さきのもとで結婚するまで生活しましたが、当初はそこからも養女に出されることになっていたそうです。

その後は吉岡家の人間として、養父の教えを受け、戦争、平和、それぞれの環境下での貧困もくぐり抜け、生きることができました。仕事を得て、結婚もして、主人と会社をおこし、どん底生活から這い上がることができ、今がありま す。その中で強く感じることがあります。

いつの時代でも「いじめ」というものはあるものです。学校でも、社会でも、です。私も幼い頃からいじめを受けてきました。

それでも負けなかったのは、養父の言葉があったからです。「死んで花実が咲くものか」「負けるが勝ち」「江戸の敵は長崎でとれ、死んだらあかん」自分のこと、家族のことをしっかりと見つめて、時代変化を受け止めながら、豊かな人生を歩むことだと言いました。

貧しさゆえに誰にも相手にしてもらえず、結婚はしないと思ったこともありました。そこへ現れたのが、上田保という男性でした。養父は「男に惚れられるのが一番、女が男に惚れると不幸になる」と言っていましたが、そうなることはありませんでした。養父も「上田家に嫁いだら、両親を大切にすること。山内一豊の妻のようになるよう、あんたが知恵を使って生活をすればよい」と、私を励ましてくれました。

結婚をして、男の子と女の子を授かりました。自分の子供の将来を思い、学問をさせなくてはとがむしゃらに、貯金をしました。お金が貯まってきた頃に主人が会社を立ち上げたのですが、当時の運送業は社会的地位が低く、大変複雑な気持ちになったことも事実です。そんな時期もありましたが、子供たちは学問をし大人になり、社会の役に立つ職業につき、長男は運送業、長女は歯科医師となり、長女の子供（長男）は医師で身を立てています。ほっとしている今日この頃です。養父の教えを受け、主人はさまざまな面で協力してもらって今日がありま す。感謝の思いでいっぱいです。

思えば、祖父の土田興作、祖母のヨ子、母の當栄の墓はどこにあるのか、ただそれだけが知りたくて調べ始めて二十年が経ちます。それ以前の月日は長く、この二十年はすごく短かったと感じます。すっきりしないままあの世に行くのかと悲しい思いでいました。なぜ枯れても武士の養父のもとへ来ることになったのかは今もって分かりませんが、さまざまあった疑問が少しは明らかになったと思っています。祖母と母の人生もそれぞれに複雑で、私以上に混乱していて、この本で書き切ることはできていません。養父は、養父なりに私への思いを込めて育ててくれたと思うのです。その墓を建てることができ、またそこに自分の名前を入れていないことに安堵しています。

ついでに一九代の土田秀雄さんに御父様の話を聞かせてくださいとお願いしました。

そして、次のような文章を書いていただきました。

父は七十歳近くまで教育者として働き、その功あって勲五等旭日双光章を政府からいただきました。家族を喰わせ四人全員大学を卒業させました。でも生活の采配はすべて母に任せっきりにしていましたし、父の面倒は母がすべてみていました。母がいなければ父は教育者としての仕事に熱中できなかったでしょう。

父はすこぶる絵がうまかった。本当は画家になりたかったのではないかと時々思うことがあります。だから私が美術の大学に入っても何の文句も言いませんでした。またこんな事もありました。遠藤周作様が小説『男の一生』を書くため織田信長関係のことを知りたいと我が家を訪れられた折、父を見て「永井荷風に似ていますね」と言われたそうです（事実、荷風の父親は土田家から婿入りしています）。背骨のまっすぐな古武士のような雰囲気の父でした。

晩年、母は自らを墓守と称し先祖の墓を守りながら生きました。

一周忌には遠藤周作クラブの遠藤順子様より献花もいただきました。有り難いことです。母は徳のある人でもありました。


日本の田舎の片隅にあって、時代に翻弄された無名の私のような人間の生き様を本として残すことで、子供たちにはどんな時代になっても立ち向かって生きてほしいと願うばかりです。本を書くということは思った以上に大変で、また涙を流しながら進める日々でした。思いも事実も忠実に再現する。一字違っても伝わる意味が変わってしまう難しさを知りました。

著者プロフィール

上田 悦子（うえだ えつこ）

1935年（昭和10年）石川県金沢市に生まれる。
1940年（昭和15年）今に続く富山県富山市での人生が始まる。
その後、見習い看護師、建設会社臨時事務員などを経て、
1957年（昭和32年）結婚。
1970年（昭和45年）会社設立。

私のルーツを探して

2022年4月15日　初版第1刷発行

著　者　上田 悦子
発行者　瓜谷 綱延
発行所　株式会社文芸社
〒160-0022　東京都新宿区新宿1－10－1
電話 03-5369-3060（代表）
03-5369-2299（販売）

印刷所　株式会社エーヴィスシステムズ

ISBN978-4-286-23571-4